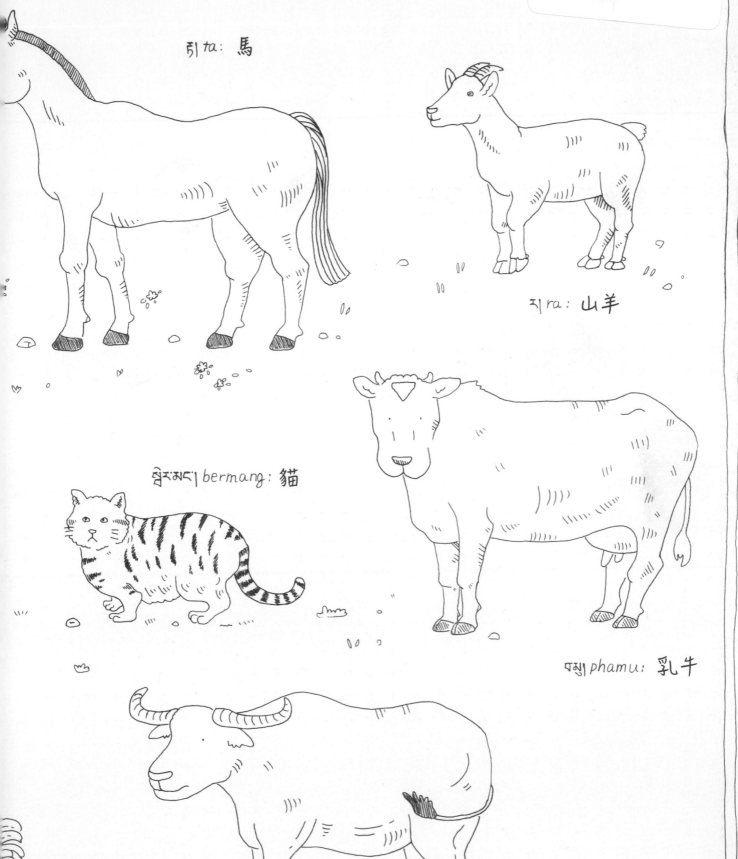

རྟ། ta: 馬

རི། ra: 山羊

བྱི་ལ། bermang: 貓

བ་ཕྱུགས། phamu: 乳牛

བྱ། chhau: 公雞

མ་ཧེ། meshi: 水牛

高山上的孩子
喜馬拉雅山
的禮物

石川直樹 著　　梨木羊 繪　　謝依玲 譯

雪ㄒㄩㄝ巴ㄅㄚ男ㄋㄢ孩ㄏㄞ普ㄆㄨ巴ㄅㄚ和ㄏㄜ犛ㄌㄧ牛ㄋㄧㄡ普ㄆㄨ莫ㄇㄛ里ㄌㄧ是ㄕ最ㄗㄨㄟ好ㄏㄠ的ㄉㄜ朋ㄆㄥ友ㄧㄡ。
「叮ㄉㄧㄥ鈴ㄌㄧㄥ噹ㄉㄤ啷ㄌㄤ。」
普ㄆㄨ莫ㄇㄛ里ㄌㄧ的ㄉㄜ身ㄕㄣ上ㄕㄤ總ㄗㄨㄥ是ㄕ掛ㄍㄨㄚ著ㄓㄜ一ㄧ個ㄍㄜ鈴ㄌㄧㄥ鐺ㄉㄤ。

對生活在喜馬拉雅山區的
雪巴人來說，
犛牛是重要的夥伴。
不但會幫忙耕田，
牛奶可以做奶油或起司，
牛毛還能編織成保暖的衣服。

犛牛能夠輕鬆的搬運
人類搬不動的重物。

普巴從嬰兒的時候開始，
就與小犛牛普莫里一起
在小心的呵護下長大。

春天和秋天的時候，
普巴和普莫里會一起攀登喜馬拉雅山。
不過，到了夏天，
喜馬拉雅山會籠罩在灰色的雲層之中，
常常是壞天氣。
普莫里就會休息，吃很多草，
為接下來的登山季節做準備。
普巴的工作就是幫普莫里尋找有草的地方。
等普莫里吃完草，再帶到下一個有草的地方。

有一天，普巴到奶奶家玩。
但是奶奶看起來沒什麼精神。
「普巴，我的肚子好痛，
痛到沒有辦法走路了。
你可以幫我找一些
藥草來嗎。」

村子裡沒有醫院。

隔壁的隔壁的村莊裡雖然有醫生，

但是要走好幾天的山路才會到達。

「我知道了，奶奶。我和普莫里會一起去找藥草。」

普巴雖然這麼說，其實不知道哪裡有藥草。

於是他決定去找村子裡的長老喇嘛，

因為喇嘛什麼都知道。

「喇嘛，到哪裡才找得到藥草呢？
奶奶身體不舒服，我想幫她治病。」
「原來如此，你可以試著找找看『冬蟲夏草』。」
「冬……蟲夏草……？」
「就是一種長得像蟲，又像草，又像樹枝的藥草。
什麼病都能治好，但是非常難找。
不過如果是普巴的話，也許找得到唷。」
喇嘛說完，拿著沙袋走了出去。

「從這裡出發， 越過兩座山丘之後有一條河，
沿著河一直往上游的方向走，
就會看到一座白色的山峰。
在山腳下， 有一片廣大的草原。
以前住了非常多犛牛，
在那附近應該會有冬蟲夏草。」
喇嘛一邊說， 一邊在地上用沙子畫地圖給普巴看。
「我知道了， 我出發找找看。」

普ㄆㄨˇ巴ㄅㄚ和ㄏㄜˊ普ㄆㄨˇ莫ㄇㄛˋ里ㄌㄧˇ越ㄩㄝˋ過ㄍㄨㄛˋ兩ㄌㄧㄤˇ座ㄗㄨㄛˋ山ㄕㄢ丘ㄑㄧㄡ之ㄓ後ㄏㄡˋ， 開ㄎㄞ始ㄕˇ逆ㄋㄧˋ流ㄌㄧㄡˊ而ㄦˊ上ㄕㄤˋ。
跟ㄍㄣ平ㄆㄧㄥˊ常ㄔㄤˊ爬ㄆㄚˊ的ㄉㄜ高ㄍㄠ山ㄕㄢ比ㄅㄧˇ起ㄑㄧˇ來ㄌㄞˊ，
這ㄓㄜˋ對ㄉㄨㄟˋ他ㄊㄚ們ㄇㄣ來ㄌㄞˊ說ㄕㄨㄛ簡ㄐㄧㄢˇ直ㄓˊ像ㄒㄧㄤˋ散ㄙㄢˋ步ㄅㄨˋ一ㄧˊ樣ㄧㄤˋ輕ㄑㄧㄥ鬆ㄙㄨㄥ。

遠方終於冒出一點白色的山峰。

「普莫里，快要可以看到你的夥伴囉。」

天色漸漸暗了下來，
普巴和普莫里終於到達喇嘛說的大草原。
「咦，這裡應該住著很多犛牛才對呀！」
他們決定先在一個看起來像是小山丘的地方
搭帳篷過夜。

隔天早上醒來，走出帳篷以後……

「哇！」

一隻巨大的犛牛站在外頭，從上方盯著他們。

原來看起來像是小山丘的地方，

其實是一隻巨大的犛牛。

大犛牛像是在敬禮一樣，往下探頭看著他們。

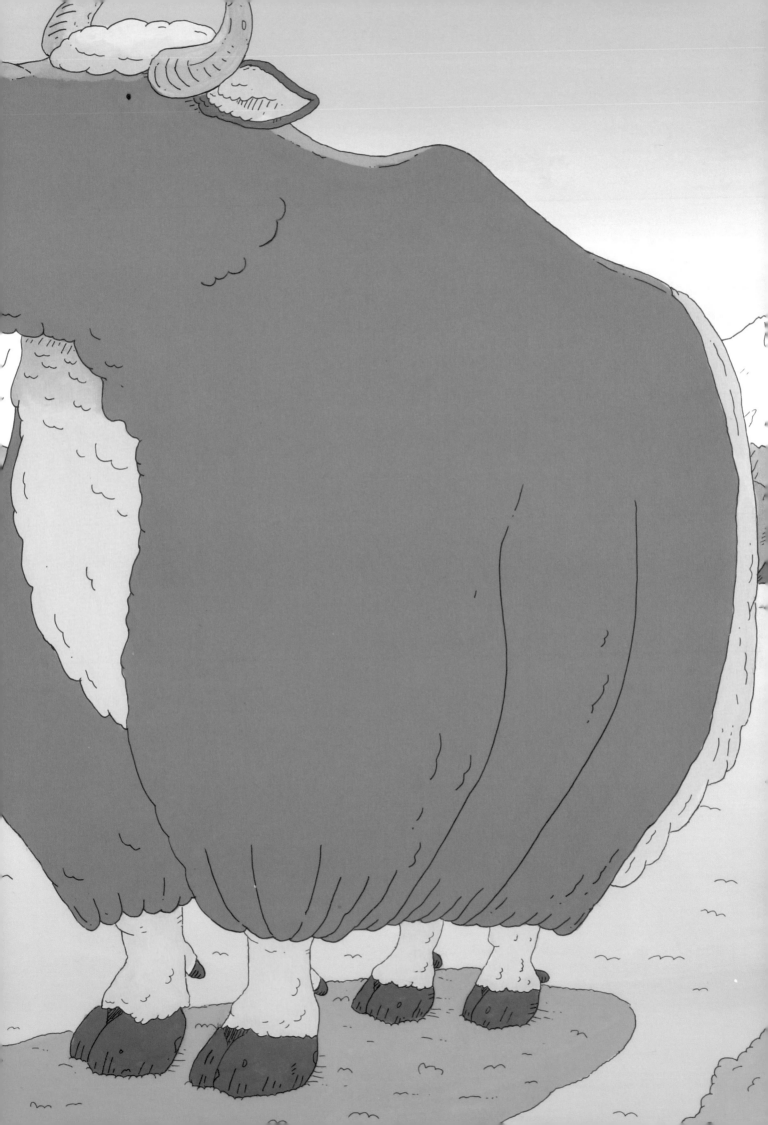

普莫里走到大犛牛身邊，一起玩了起來。
「唉呀，竟然跟大犛牛走掉了……」
普巴擔心奶奶的病，
趕緊找起冬蟲夏草。
「喇嘛說長得像蟲，
又像草，又像樹枝……」

普ㄆㄨˇ巴ㄅㄚ走ㄗㄡˇ了ㄌㄜ一ㄧ整ㄓㄥˇ天ㄊㄧㄢ，
仔ㄗˇ細ㄒㄧˋ的ㄉㄜ翻ㄈㄢ開ㄎㄞ每ㄇㄟˇ一ㄧˋ片ㄆㄧㄢˋ草ㄘㄠˇ叢ㄘㄨㄥˊ，
也ㄝˇ找ㄓㄠˇ了ㄌㄜ蟲ㄔㄨㄥˊ子ㄗˇ可ㄎㄜˇ能ㄋㄥˊ會ㄏㄨㄟˋ出ㄔㄨ現ㄒㄧㄢˋ的ㄉㄜ地ㄉㄧˋ方ㄈㄤ，
或ㄏㄨㄛˋ是ㄕˋ樹ㄕㄨˋ枝ㄓ掉ㄉㄧㄠˋ落ㄌㄨㄛˋ的ㄉㄜ地ㄉㄧˋ方ㄈㄤ。
但ㄉㄢˋ是ㄕˋ都ㄉㄡ沒ㄇㄟˊ有ㄧㄡˇ像ㄒㄧㄤˋ冬ㄉㄨㄥ蟲ㄔㄨㄥˊ夏ㄒㄧㄚˋ草ㄘㄠˇ的ㄉㄜ東ㄉㄨㄥ西ㄒㄧ。
太ㄊㄞˋ陽ㄧㄤˊ也ㄝˇ開ㄎㄞ始ㄕˇ慢ㄇㄢˋ慢ㄇㄢˋ下ㄒㄧㄚˋ山ㄕㄢ了ㄌㄜ。

「叮鈴噹啷。」
這時候，普莫里和大犛牛一起回來了。
身上滿是泥巴，
嘴巴裡還咬著一個從來沒有看過的植物。

「莫非這個就是……」
沒錯， 是傳說中的冬蟲夏草。
原來普莫里和大犛牛不是跑出去玩，
而是一起努力幫忙尋找冬蟲夏草。

傍晚時刻，天空被染成一片明亮的金黃色。天馬上就要黑了，得快點趕路回去才行。

普巴對大犛牛說：
「能遇到你真是太開心了， 我一定會再來玩的。」
大犛牛聽了之後動了動鼻子， 發出「哼哼」的聲音。

因ⁱ為ㄨㄟˋ擔ㄉㄢ心ㄒㄧㄣ生ㄕㄥ病ㄅㄧㄥˋ的ㄉㄜ˙奶ㄋㄞˇ奶ㄋㄞ˙，
普ㄆㄨˇ巴ㄅㄚ和ㄏㄜˊ普ㄆㄨˇ莫ㄇㄛˋ里ㄌㄧˇ在ㄗㄞˋ漆ㄑㄧ黑ㄏㄟ的ㄉㄜ˙山ㄕㄢ裡ㄌㄧˇ趕ㄍㄢˇ路ㄌㄨˋ回ㄏㄨㄟˊ去ㄑㄩˋ。
但ㄉㄢˋ是ㄕˋ普ㄆㄨˇ莫ㄇㄛˋ里ㄌㄧˇ看ㄎㄢˋ起ㄑㄧˇ來ㄌㄞˊ有ㄧㄡˇ點ㄉㄧㄢˇ寂ㄐㄧˊ寞ㄇㄛˋ。

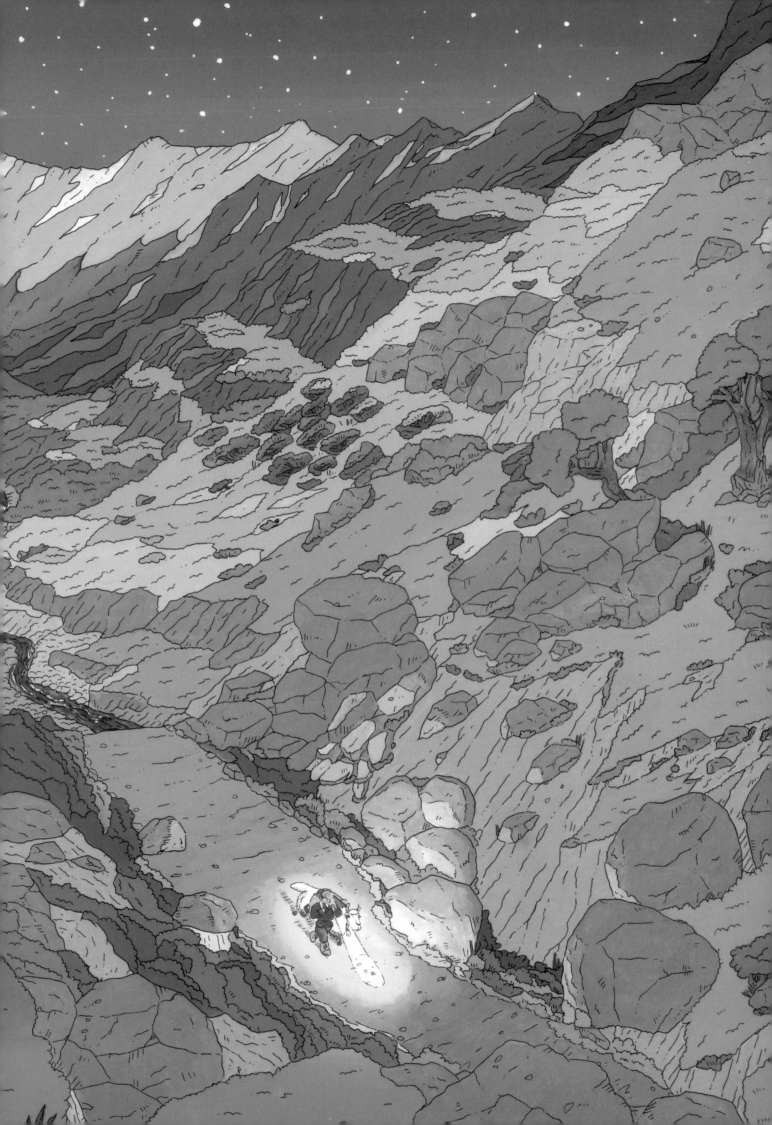

普ㄆㄨˇ巴ㄅㄚ和ㄏㄜˊ普ㄆㄨˇ莫ㄇㄛˋ里ㄌㄧˇ一ㄧ回ㄏㄨㄟˊ到ㄉㄠˋ村ㄘㄨㄣ子ㄗ˙裡ㄌㄧˇ，
馬ㄇㄚˇ上ㄕㄤˋ趕ㄍㄢˇ到ㄉㄠˋ奶ㄋㄞˇ奶ㄋㄞˇ家ㄐㄧㄚ。
「奶ㄋㄞˇ奶ㄋㄞˇ，這ㄓㄜˋ是ㄕˋ傳ㄔㄨㄢˊ說ㄕㄨㄛ中ㄓㄨㄥ的ㄉㄜ˙冬ㄉㄨㄥ蟲ㄔㄨㄥˊ夏ㄒㄧㄚˋ草ㄘㄠˇ，
是ㄕˋ普ㄆㄨˇ莫ㄇㄛˋ里ㄌㄧˇ和ㄏㄜˊ大ㄉㄚˋ犛ㄇㄠˊ牛ㄋㄧㄡˊ幫ㄅㄤ我ㄨㄛˇ們ㄇㄣ˙找ㄓㄠˇ到ㄉㄠˋ的ㄉㄜ˙。」
普ㄆㄨˇ巴ㄅㄚ馬ㄇㄚˇ上ㄕㄤˋ將ㄐㄧㄤ冬ㄉㄨㄥ蟲ㄔㄨㄥˊ夏ㄒㄧㄚˋ草ㄘㄠˇ煎ㄐㄧㄢ煮ㄓㄨˇ成ㄔㄥˊ茶ㄔㄚˊ湯ㄊㄤ。
「奶ㄋㄞˇ奶ㄋㄞˇ，您ㄋㄧㄣˊ喝ㄏㄜ喝ㄏㄜ看ㄎㄢˋ！」

奶奶喝完茶之後，普巴又去找長老喇嘛。
「喇嘛！真的有冬蟲夏草耶。
那附近還有一隻好大的犛牛。」

「這樣啊，那一定是山神吧。」

「山神？」

「大犛牛不僅守護著冬蟲夏草，也守護著我們的村莊，
下次有機會再去找牠玩吧。」

過了幾天，奶奶的病完全好了。
「普巴，都是你的功勞。真是謝謝你。」
「因為有普莫里和大犛牛，
才能順利找到藥草呀。」

「原來如此，普莫里，謝謝你，這些草給你，
如果哪天再遇到大犛牛，
請幫我向牠說聲『謝謝』。」

大犛牛今天也在那片大草原上，
往村莊的方向看著吧。
普巴和普莫里有時候會遙望白色山峰的方向，
想起那趟愉快的旅程。

作者的話

冬蟲夏草是生長在海拔三〇〇〇公尺～四〇〇〇公尺高山地帶的一種稀少蟲草菌，也會拿來作為中藥藥材。西藏的人們從很久以前就將它當成寶物。因為冬天像蟲，夏天像草，所以叫作「冬蟲夏草」。

在喜馬拉雅山區，有許多村莊沒有醫院。一般而言，深山裡的村莊通常是仰賴當地傳統的治療方法，只有生了重病或是傷勢嚴重時，才會送往都市的醫院。我曾經親眼看過祈禱師一面祈禱和煎煮草藥，幫女子治療疾病，也因此寫下這篇故事。像是冬蟲夏草這種可以治療百病的藥，也是雪巴人自古以來傳承下來的生活智慧。

作者‧石川直樹

日本知名山岳攝影師和登山者。東京藝術大學藝術研究所博士，特別關注人類學、民俗學，曾兩度登上聖母峰，第一次在二〇〇一年，成為當時成功攀登七大洲最高峰最年輕的人。著有《登上富士山》、《阿拉斯加最高山》等書，以及多部山岳主題攝影集。榮獲「講談社出版文化獎」、「日本攝影協會作家獎」等，並多次舉辦巡迴攝影展。《登上聖母峰》是「高山上的孩子」系列的第一本，此系列還有《喜馬拉雅山的禮物》與《攀登火星山脈》。
作者個人網站 http://www.straightree.com/

繪者‧梨木羊

新人插畫家，《登上聖母峰》是她的第一部繪本作品。同系列著作還有《喜馬拉雅山的禮物》、《攀登火星山脈》。

譯者‧謝依玲

在臺灣學科學，在日本學兒童文學，喜歡研究繪本歷史，跟著繪本在不同國家與時空中旅行。著有《帶著童書去旅行》、《歐洲獵書80天》，譯有多本日文繪本。

小麥田繪本館
シェルパのポルパ 冬虫夏草とおおきなヤク
高山上的孩子：喜馬拉雅山的禮物

作　者	石川直樹	出　版	小麥田出版
繪　者	梨木羊		10483 台北市中山區民生東路二段 141 號 5 樓
譯　者	謝依玲		電話：(02)2500-7696 ｜ 傳真：(02)2500-1967
封面設計	江宜蔚	發　行	英屬蓋曼群島商家庭傳媒股份有限公司
美術編排	江宜蔚		城邦分公司
責任編輯	蔡依帆		10483 台北市中山區民生東路二段 141 號 11 樓
			網址：http://www.cite.com.tw
國際版權	吳玲緯		客服專線：(02)2500-7718 ｜ 2500-7719
行　銷	闕志勳 吳宇軒		24 小時傳真專線：(02)2500-1990 ｜ 2500-1991
	余一霞		服務時間：週一至週五 09:30-12:00 ｜ 13:30-17:00
業　務	李再星 李振東		劃撥帳號：19863813　戶名：書虫股份有限公司
	陳美燕		讀者服務信箱：service@readingclub.com.tw
總編輯	巫維珍	香港發行所	城邦（香港）出版集團有限公司
編輯總監	劉麗真		香港九龍九龍城土瓜灣道 86 號順聯工業大廈 6 樓 A 室
發行人	涂玉雲		電話：852-2508 6231
			傳真：852-2578 9337

馬新發行所　城邦（馬新）出版集團 Cite(M) Sdn. Bhd
41, Jalan Radin Anum,
Bandar Baru Sri Petaling,
57000 Kuala Lumpur, Malaysia.
電話：+603 9056 3833
傳真：+603 9057 6622
讀者服務信箱：services@cite.my

麥田部落格　http://ryefield.pixnet.net
印　刷　漾格科技股份有限公司

城邦讀書花園
www.cite.com.tw
書店網址：www.cite.com.tw

初　版　2023 年 8 月
初版二刷　2023 年 12 月
售　價　360 元
版權所有 翻印必究
ISBN 978-626-7281-16-1
EISBN 9786267281239（EPUB）
版權所有 ‧ 翻印必究
本書若有缺頁、破損、裝訂錯誤，請寄回更換。

SHERUPA NO PORUPA: TOUCHUKASOU TO OOKINA YAKU(vol. 2)
by Naoki Ishikawa
illustrated by Yo Nashiki
Text Copyright © 2020 by Naoki Ishikawa
Illustrations Copyright © 2020 by Yo Nashiki
Originally published in 2020 by Iwanami Shoten, Publishers, Tokyo.
This complex Chinese edition published in 2023
by Rye Field Publications, a division of Cite Publishing Ltd., Taipei City
by arrangement with Iwanami Shoten, Publishers, Tokyo
through AMANN CO., LTD. Taipei.
All rights reserved.

國家圖書館出版品預行編目資料

高山上的孩子：喜馬拉雅山的禮物 / 石川直樹著；梨木羊繪；
謝依玲譯 .-- 初版 .-- 臺北市：小麥田出版：英屬蓋曼群島商家
庭傳媒股份有限公司城邦分公司發行, 2023.08
　面；　公分 .--（小麥田繪本館）
國語注音
譯自：シェルパのポルパ：冬虫夏草とおおきなヤク
ISBN 978-626-7281-16-1（精裝）

861.599
112005319

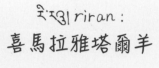

རི་རཱན། *riran:*
喜馬拉雅塔爾羊

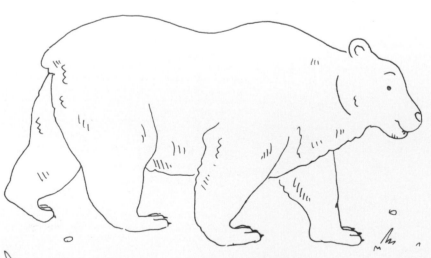

ཡ་རྒོད། *ago:* 高山兀鷲

ཀྱི་བཅང་། *kyibchang:* 胡狼

ཤང་ཀུ། *changku:* 喜馬拉雅狼

དོམ། *thom:* 喜馬拉雅黑熊

བྲ་ཡོགས་པ། *dre yokpa:*
灰鼠兔